四《し》十《じゅう》九《く》日《にち》の抱《ほう》擁《よう》

Embrace for 49days

蓮花

リーブル出版

もくじ

四十九日の抱擁

1 輪廻の福老

「ご臨終です」

静まりかえった病室に響き渡るアラーム音、ドラマの一場面の様だった。

(よく頑張ったね、もう苦しくないよ。ゆっくり休んでね)

私は穏やかな顔で横たわるダーリンの旅立つ瞬間をみとった……、つもりだったのだが。

「う〜ん。体がやっと軽くなった。あれ？　ハニー、何を暗い顔しているの？」

(ああ、きっとあまりのショックで幻聴が聞こえてるんだね。あり得ないのに)

余命1年と宣告されて覚悟はしていたつもりなのに、最愛の人をガンで失ってしまった悲しみは怒りに似た感情すら覚えた。

「ねえったら、僕ここにいるよ。なにを1人悲劇のヒロインごっこしてるんだよ？」

（ああ、私かなり精神状態ヤバいわ。はっきりと声が聞こえる）目の前で静かに横たわってる顔をのぞき込んだ瞬間、ポンポンと肩をたたかれた。

「ギャ――！　デタ――！」

振り返ると、そこには私の記憶にある元気なダーリンの姿があった。

「奥さま？　大丈夫ですか。少しお座りになってください」

え？　先生たちには見えてないの？

ここで、ダーリンが普通に笑顔で立っている姿が。

落ち着け、落ち着け私。まずは深呼吸して、もう一度見よう。

幻だって分かるから、ほらね！

「だから、僕はここにいるってばさ」

何度深呼吸してみてもダーリンがいる。ベッドの横に立っている。

ついでに言うと、足もある。

幽霊は足がないっていうし、ご先祖さまは霊になって身内に現れることもあるっていうけれど、ダーリンは死にたてホヤホヤだから三途の川も渡っていないし、私の頭はグチャグチャになっていた。

「奥さま、しばらくご主人さまと2人きりでお別れをなさってください。また後で参りますね」

気を遣ってくれたのか、元気になったダーリンに気がつかないのか医療チームは病室を出て行ってしまった。

「ハニー、僕が見えるよね？」

いたずらっ子の表情でダーリンが私に触れる。冷たくもない、映画と違ってちゃんと触れている感覚もある。

「ダーリン、生き返ったの？　でも、ここにあなたの遺体が横たわっているよね？　え？　何がどうなっているの？」

「何だか分からないけど、僕は元気になったみたい。ベッドにいるのはガンで死んだ僕。今ハニーと話してるのは元気な僕だよ。さあ、お家に帰ろうよ」

そんな簡単な話なんだけど簡単じゃなくて、えっと、どうなっているの？

でも、一つだけ分かることは元気なダーリンの姿が見えるのは私だけってことだよね。

深く考えるのはやめよう。ダーリンの葬儀を出して、元気なダーリンと前みたいに楽しく暮らせるなら幸せだもの。

コンコン、ドアをノックすると同時に主治医と緩和ケアの精神科医が現れた。よっぽど精神科医に今の状況を説明したかったのだが、どうせ気が動転してますの一言で片付けられちゃうんだろうな、と思った私は不思議な現実のことは黙っていた。

「奥さま、今からご主人をキレイに整えてから葬儀社に引き継ぎますね。おつらいでしょうが力になりますので」

私の心情は、おつらいのを通り越してワクワクしてます。とは言えないから、未亡人らしく小さな声で「はい」とだけ答えておいた。

「ハニー、支度できるまで1時間くらいかかるから病室の片付けしちゃおうよ」

やたら元気なダーリン。闘病中は私が車で病院連れて行って、車いす押して、荷物持っての状態だったものね。いつもゴメンねって気遣ってくれていた優しいダーリン。

「ほらほら、感傷的になるのはお家に帰ってからにしようよ。ハニーこれ片付けて、僕はこっちのクローゼット整理するからね」

まったく誰のせいで気持ちがグチャグチャになっていると思ってんのよ！と文句を言いながらも自然と笑顔になっている私。

「はい、ご主人さまのお支度ができました。病院の外までわれわれもお見送りいたします」

緩和ケア病棟というと「死ぬ場所」「見捨てられた場所」のイメージが強いが、本当に献身的にお世話をしてくれる場所で、私自身も最期はこの場所で過ごしたいと心から思えるすばらしい場所だった。

「ハニー、死んでる僕のスーツかっこいいね。さすが妻だね、よく分かってる」

死んでる人にコーディネートを褒められても微妙な感じだけどね。

「奥さま、では参りましょう。大丈夫ですか？」

多分、私がダーリンと会話してるのが、他人には気が動転してる妻がブツブツ独り言つぶやいてるように取られてるんだろうな。

遺体を乗せたストレッチャーの後ろをダーリン（本人）と私が続いて歩くとい

う不思議な光景。その後ろを何も知らない医療チームがついてくる。

(ダーリン、どんな気分？　自分を見送るのって)

(う～ん、なんか不思議だよね。これから葬儀社で打ち合わせでしょ？　なるべく安くていいからね)

そりゃそうでしょう？　埋葬される本人が葬儀の相談に遺体とともに参加するなんて前代未聞だと思うよ。家族葬どころか、本人参加葬ってプランでお願いしたい気分だわ。

病院を出て葬儀社の車に先導されて走る。

「久々の外の空気は気持ちいいね。病院だと酸素マスクで動けないし退屈だったもん」

生死をさまよって何度か呼ばれたこともあった。どうか間に合ってくださいと神に祈りながら夜中の高速道路を飛ばしたこともあった。

それが、みとったあとに幽体離脱？　遺体分離？でダーリンが助手席に乗って自身の遺体搬送に付き添っているという事実。

「ねえ、山下公園だよ。桜見に来たね。あっホテルニューグランド、ここも佳代ちゃんとお茶飲みに来たよね」

痛みも苦しみもないダーリンは子どものようにはしゃいで景色を楽しんでいる。もう夢でもいい。こんな楽しい時間が過ごせるなら深く考えるのをやめよう。

30分ほど走ると町外れの小さな葬儀社に到着した。

「このたびはご愁傷さまでした。どうぞこちらになります」

案内されたホールに入ると祭壇に安置された死んだ方のダーリンがいた。

(お気に入りのピアスもついているし、髪型も化粧もばっちりだね。合格だね)

と自身の安置された姿を見て満足そうなダーリン。

「お茶でございます」

当然ながら姿が見える私の分しかない。

(僕、喉渇いたからハニーのお茶ちょうだい)

どうやって飲むのかな？　興味津々でのぞいていると、普通に湯飲みをもっておいしそうに飲んでいる。あっという間に一気に飲んでしまった。

担当者が来て打ち合わせが始まった。

火葬、埋葬、納骨、戒名などやらなくてはならないことがたくさんある。

（ハニー、戒名もらって火葬して納骨だけすればいいじゃん。シンプルにいこうよ）

（あのね、簡単にいうけど檀家やっているとお寺との関係とかいろいろあるのよ。戒名のランクもあるんだよ？）

周りに聞こえないように小声で会話する。

1時間ほどで打ち合わせを終えて、帰宅することになった。取りあえず、死体のダーリンにお線香を2人であげる。仏様はお線香がご飯だからたくさん食べさせてあげなくちゃと5本一気に火をつけてしまったダーリン。あのね、煙いでしょ！　ごちそうも腹八分っていうじゃない。

（でも、一晩中お線香絶やしちゃいけないんだよね？　明日の朝まで保つようにさ）

自分自身に手向けるお線香ってどんな気分かな？

笑いたいのをこらえて2人で車に乗り込み帰路についた。

「ハニー」

ダーリンの変わらない穏やかな声が車内に響く。

「なあに？」

「今日は不思議なことがたくさん起きたね。僕はおなかもすくし、喉も渇く。キミに触れることもできる。でも、僕の姿が分かるのはハニーだけみたいだね」

周り全員がダーリンの姿見えたらこの世はゾンビワールドになってしまうでしょう。私自身も不思議だと思う。常識じゃあり得ないのに普通にダーリンと接している。夢かな？

「イタタタタ、ちょっと何するのよ」

急にダーリンにほっぺたをつねられた。

「ハニー今、夢かな？って考えていたでしょう？　これは現実だよ。あり得ないことが起きているんだよ」

痛いね、現実だ。今はこの痛みが心地いい。

心から笑ったのって久しぶりだな。

2 没誕生日

「ただいま」

1カ月ぶりのわが家に到着。ダーリンはこぼれそうな笑顔で玄関に入ってきた。入院が嫌で骨転移にも耐えて、ずっと在宅で外来治療頑張っていたものね。このような形で帰宅できるとは想像すらできなかった。というより現実として受け入れている私ってすごい？　自分で自分を褒めてあげよう。

「ハニー、僕のアイスあるかな？　パナップのグレープ味。もう1人の僕がドライアイスで冷やされているの見たら急にアイス食べたくなったよ」

はいはい、冷凍庫にたくさんあるよ。ダーリンの好きなものって説明する前に冷凍庫のドア開けてニコニコしているし。闘病生活に入る前の何気ない日常に戻ったみたいだね。

当たり前の毎日が幸せって思える人は少ないと思う。失ってみてから気づくんだよね。

私は今気づけたから幸せなのかな？

「んぐっ、げほっ！　ちょっと何するのよ」

「ハニー、考えすぎだってば。楽しく前みたいに生活できるんだよ？　それでいいじゃない。ほらアイス一口あげるよ」

大きな塊を私の口に笑いながら運んでくれる。

そうね、ファンタジー映画みたいにダーリンが年を取らなくて不死身になって私だけ年取っておばあちゃんになるって設定でも構わない。あれこれ考えても仕方ないよね？　目の前で笑いながらテレビを見ている事実。これだけで十分。ダーリンの没日が新しい誕生日だね。記念日がまた一つ増えた感じだね。カレンダーに書かなくちゃ。

今日はダーリンの没誕生記念日。

3　ダイエット納棺

愉快な命日から一晩明けて朝になった。

爽やかな風が吹く穏やかな1日が始まった。

「ハニー、起きてよ！　僕の葬儀に遅れちゃうよ」

横を見ると生前と変わらないダーリンの姿があった。えっと、生前？　死んだけど死んでない？

「あ、ダーリンまだいる。おはよう」

私の言葉にちょっと不機嫌になるダーリン。

「まだいるって、ひどいな。ほら、朝食できてるから顔洗っておいでよ」

ダイニングに行くと、私の好物が並んでいた。

と言っても、ヨーグルトにコーヒー、ゼリーだけの朝食だったけど。

「ハニー、僕が入院しているとき、ちゃんとしたもの食べてなかったでしょう？　冷蔵庫が空っぽだったよ」

ダーリンのげんこつでこめかみをグリグリされる。

そりゃそうでしょう、いつ病院から呼び出しくるか分からないし仕事忙しかったもの。

２人で残りものを半分こずつの朝食を済ませ葬儀へ向かう支度を始めた。

「ハニー、僕の喪服は？」

はいはい、出しますよ。

「ハニー、御霊前袋は？」

自分の葬儀にお香典包むんかい!?　朝から爆笑しながら支度をして会場に向かった。

(ダーリン、今日は親族だけだからっていたずらしちゃだめだよ？　住職も来るからね)

会場に入ると急な知らせで駆けつけてくれた叔母、いとこの姿があった。若くして他界したというか、する予定だったダーリンをしのんで普段陽気な叔母がおとなしい。その様子を見たダーリンが私の袖を引っ張る。

(ねえねえ、洋子おばちゃん具合悪いのかな？　静かで一言もしゃべらないよ)

それはあなたを失った悲しみが強いからでしょと説明したかったが、私が声を出すと独り言ブツブツな危ない未亡人になってしまうので言葉をぐっと飲み込んだ。

程なくしてダーリンの遺体とご対面。身長が180センチ以上もあるダーリンにとって一般的な日本サイズの棺は窮屈だった。

(かわいそうな僕、頭がついているよ。窮屈だよね)

はいはい、すみませんね。特大サイズになると追加料金がかかるのよ。火葬しちゃうんだし窮屈なの1時間くらいだから我慢してよ。

(はいはい、病院代もかなりかかっているから棺くらい我慢しますよ)

この会話、周りの参列者が聞いたらどういう反応するのかな。

友人たちから贈られた大量の季節の花に飾られて、出棺の準備が整った。飾られた自分の姿をのぞき込んでブツブツ言っているダーリン。

(僕、花粉症なの知っているよね？　こんなたくさんのお花に囲まれてクシャミ

しそうだよ。僕のリクエストの黒バラが入っている。うれしいな。ちゃんとハニー覚えていてくれたんだね)

生前のダーリンからのリクエスト。僕が死んだら棺に黒バラを入れてねって言っていたからね。

「出棺のお時間です」

神妙な面持ちでダーリンは自分自身を見送った。

控え室で親族と故人をしのんでいると、いとこがしんみりと口を開いた。

「あんなに元気で明るくて丈夫そうな人だったのに、なんでガンになっちゃったんだろう」

そのせりふ、全国のガン患者が皆同じこと思っています。ガンってね、正しく怖がれば大丈夫な病気なんだよね。あとは早期発見。2人に1人がガンになる時代ってテレビでやっているけどわが家は家族全員ガン経験者。私も母も寛解しているからダーリンも絶対死なせないって頑張ってきたんだけどね。

(だから、ハニー、僕死んでないってば。ある意味寛解しているよ? そんな顔しないでね)

大きな手が私の頭をぐしゃぐしゃにする。

この癖はダーリンそのものだった。豪快でおおらか。でも、繊細で臆病。知っているよ？　かばんにたくさんのお守りいれて病院に通っていたことも。納骨が終わったら一緒にお札を返しに行こうね。

あっという間に時間が過ぎ、焼き上がりのアナウンスが流れる。

抗ガン剤もしていたから骨はボロボロだろうなと思っていたけど出てきた姿は理科室の標本の様に立派な形をしていた。

（ね？　僕って骨太だよね。立派じゃん）

ダーリンが自分の骨を見て大絶賛している。確かに自分自身の骨を見る人っていないよね。収骨時間は親族の人数が少ないこともありすぐに終わってしまった。係の人にお願いして私だけ1人でもう1回骨つぼにお骨を拾わせてもらった。

実際にはダーリンと2人で1番大きなお骨を拾ったんだけどね。

（ねえハニー自分の収骨する人って僕が初めてだろうね？）

と無邪気に笑っている。考えてみたらダーリンは葬儀で収骨するのって初めての経験だったはず。外国籍の人だから日本の火葬も人生初めて見たのだろうし、その初めてが自分自身の葬儀だったとは世の中不思議なことが起きるよね。

ズッシリと重い骨つぼを抱えたら温かかった。ダーリンの最期のぬくもり。

涙をまったく流さない私に周りが腫れ物に触れるかのように話しかけてくる。

「悲しすぎて涙も出ないよね？」

いや、そうじゃなくて皆には見えてないけどダーリンも葬儀に参加してるんだけど、って言いたいのを我慢して下を向く。そのしぐさが余計周りを心配させてしまったようだった。

「今日はお忙しい中参列いただきありがとうございました。これから、少しのんびりして夫との思い出の地を回ろうと思っています」

お骨を車の助手席に乗せシートベルトをする。ダーリンは後部座席に座った。

参列者を後にわれわれは帰途についた。

「ハニー、今日はお疲れさま。僕、葬儀って初めて出たけど、いろいろと気を遣って疲れたね」

などとのんきなことをいっているダーリン。バックミラーで見るとウトウト居眠りを始めてしまった。痛みでしかめっ面で寝ていたころと表情が全然違う。穏やかな顔を見れるだけで幸せ。

私は身の周りに起こっている摩訶不思議なことを自然と受け入れていた。帰りは少し渋滞に巻き込まれたけど、ダーリンはいびきをかいて気持ちよさそうに寝ていた。優しい人だから葬儀に来てくれた人に気を遣ってくれてたのね、ありがとう。お焼香の灰は右から取って左に入れるのよ。

逆にしたらやけどしちゃうぞ！　ビックリしたよね、声を出さなかっただけダーリンえらかったね。日本式の葬儀の作法も覚えた1日だったね。

4 過去・現在・未来へのご縁

私たちは出会って15年、入籍してちょうど5年目を迎える夫婦だった。

最初は今流行の事実婚という形式を取っていた。

ただ、書類やら証明書が大好きな日本国で何かと不便が生じ、説明するのもめんどくさいので書類上も結婚しましょうと話し合った末の入籍だった。

『ダーリンは外国人』ってシリーズがはやったとき、うんうん、あるあるよね！と私は大笑いして見ていたけどダーリンはキョトンとしていたな。

「『ハニーは変な日本人』ってシリーズ、僕が書くよ」と言い返されたよね。

昔の日本人より日本文化に詳しく、礼儀作法も熟知していて年配者に好かれていたダーリン。彼の周りにはいつも熟女ファンクラブが熱い視線を投げかけていた。

男女問わずモテるダーリンが私の自慢だった。

自分の旦那がよその女性に人気あって嫌がるのが世の中の一般的な奥さまだと思うのだけど、考えてみてよ、モテモテの旦那が選んだ妻だよ？

光栄じゃない♫

まったくモテない旦那の妻やるより、毎年山のようにバレンタインのチョコをもらってくるダーリンの妻でいられてとっても幸せ。

あ、私もかなりモテる方だからね。あれ？　なにをあきれた顔で笑ってるの？

会社関係に配る義理チョコを毎年用意してくれたのもダーリン。

気の細やかさは女性以上だったね。

何年たっても、相変わらずのバカップルぶりで周りからは半ばあきれられていたかな。

週末は一緒におでかけ、家庭での役割分担もキレイに分担制だったね。

料理は私、掃除はダーリン。洗濯は、簡単なものは私。洗うのに高度な技を使うものはダーリン。て、自然と決まっていったよね。

まあ、これは以前にダーリンがお気に入りだったカシミヤのセーターを私が洗濯して子どもサイズに縮めちゃったことが発端だったんだけどね。

高級なセーターを普通に洗ったら小さくなるなんて知らなかったんだもん。

私が体調崩して寝込んだときは、看病してくれたよね。

高級スーパーで珍しい食材買い込んで食べさせてくれたよね。

でも袋に入っていたレシート見たら、下がる予定の熱も余計に上がっちゃったけどね。

ベッドで寝ればいいのに、夜中に熱上がったら大変とリビングのソファでうたた寝してくれていたよね。次の朝には復活した私と交代でダーリンが風邪ひいてしまったけど。

大きな病気やけがともご縁がなく49年間生きてきたのにね。

豪快に見えても周りに気を遣う繊細な面もある人だったから、今までのストレスが一気に出ちゃったかな？　え？　結婚したことが人生最大のストレスだったって？　ちょっと、何言ってるのかな??

笑いながら言ってもだめだよ！　え？　私が虹の国まで追っかけて来れないから何でも言いたい放題だって？　あっそ！　そっちがその気なら、私が数十年して虹の国に行ったとき覚えてなさいよ!!

5　コホンといったらガンだった

最初にダーリンの体の異変に気がついたのは、本当に他界する1年前のことだった。

「ケホケホッ」

「ダーリン、大丈夫？　風邪ひいたかな？　それとも加齢による誤嚥《ごえん》？」

このところ、よく咳をするようになったダーリン。季節的に早めの花粉症になった可能性もあるよね。

「花粉症の薬もついでにもらってくればいいよね」

いつも通り気軽に行きつけの病院に出掛けていった。

数時間して笑いをこらえながら帰宅したダーリン。

「ねえ、ハニー。今日ね、血液検査したらさ、貧血がひどいって結果だったよ。

奥さま、ちゃんと食事作ってくれていますか？　だって先生が、ぷぷぷ」

あのねぇ、一応栄養バランス考えて作ってますけど？

男性で貧血って、なんだろうね。どう見ても血色いいし、食欲だってある。

そのときは、他はまったくの異常なしだったこともあり気にもとめなかった。

しばらくしても一向に咳は改善されず、数日前からは夜になると38度以上の発熱が起き、朝には下がるという奇妙な状態が続いた。

「インフルエンザかな？　ダーリン、もう1回病院行った方がいいかも」

高熱のわりには意識もしっかりしており、熱が下がったタイミングで病院に出掛けていったダーリン。

「インフルエンザではないですよ。ただ相変わらずひどい貧血ですね。栄養あるものたくさん食べて休養してくださいね」

と言われ、薬をもらって帰宅した。

ダーリンが気に入ってる病院だから、黙っていたけどさすがにオカシイ。

大きい病院に紹介状を書いてもらうことにした。紹介先も、勝手に決められそうになったので「私が絶対の信頼を置いてる病院に紹介状書いてください」と

きっぱりと言ってやった。女医先生はモゴモゴとしながら、

「えっと、ここは提携してない病院なので……」

お世話になっているので悪口は言いたくないが、どっかのデッカイ老舗家具屋の父娘の泥沼バトルをほうふつとさせるような病院だった。同じ地域にお父さまの病院と娘の病院がありそれぞれ経営している。お客さまである患者を1人でも逃がしたくないのだろうが、良いサービスを受けられないのなら患者さまは他に行くに決まっている。

翌日、紹介状をもってドラマの舞台にもなった病院へダーリンと行った。

ここ1カ月間の状態を医者に説明し、すぐ精密検査となった。

待合室で待っている間、さまざまな人間模様が見て取れた。

診察室から出てきて泣き崩れる人、治療費の話で言い争う老夫婦、長い待ち時間で不機嫌なサラリーマン風の男性。

2時間くらい待たされた後、主治医となるパソコン苦手な外科医に呼ばれた。

ダーリンは回復室で検査後休んでいたので、私だけが説明を聞くことになった。

「ご主人はガンです。肝転移、腹膜播種《はしゅ》もありますね。ステージ4です」

画像を見せながら、淡々と説明するアインシュタインみたいなヘアスタイルの外科医。

（えっ？　うわっ、肝臓なんてほとんどガンが食ってるじゃん。肺も2カ所転移あるし、先生説明してないけど見落としてるのかな）

と初対面の外科医に失礼なことを思いつつも、食い入るように画像を見つめる私。

「ここまでガンが転移してると外科的手術は不可能です。よって、CVポートを埋め込み、化学療法を一刻も早く開始しましょう」

な、な、何？　ポート？　化学療法？　整形外科とかでやる運動のこと？　長期入院？

「何かここまででご質問ありますか？」

と外科医に質問された。

「はい、まったく全然分かりません」

ハッキリとこう答えたことだけは記憶している。

見た目とは裏腹に穏やかな外科医はペンを持っていろいろと細かく説明をして

くれた。

「分かりました。夫は末期ガンで、今の医学だと抗ガン剤治療をしても、気休め程度の延命治療でしかないということですね？」

私のハッキリした口調で淡々と話を進める様子に主治医の方が驚いた様子だった。

大抵の家族はこのような状況になったら、頭が真っ白になり言葉が出なくなるか、感情があふれてきてついでに涙もあふれてくるというのが一般的だったのだろう。

そのどちらでもなく、初対面の医者にズバッと言い切る患者家族も前代未聞だったのかもしれない。

「まあ、ご主人にもガンだということは告知しましたがね、よろしかったでしょうか？」

なぜか、医者の方がしどろもどろに気を遣って答えてる。

「余命は？　ダーリンに余命伝えてないでしょうね？　えっ？　どうなんですか？」

「あ、あの、ま、まだご家族にご説明をして、してからと、はい」

これからお世話になるであろう主治医を脅してどうする、私。

私は幼少期から体が弱く頻繁に入退院を繰り返していたこともあり、一般の人よりは画像の見方や医療用語を知っているつもりだった。

「多分、進行性ガンでここまで多臓器に転移があるってことは抗ガン剤やってももって1年くらいですかね。絶対ダーリンには余命を言わないでください。抗ガン剤でガンを小さくして、コンバージョン手術のタイミング見てるとでも言ってください」

目の前の主治医は目をぱちくりと見開き、パクパクと酸素を求める魚のような口になっていた。

きっと、医者は医者なりに気を遣って家族へのなるべくショックの少ない告知を考えてくれていたのかもしれない。

それをズバズバ言われ、発言することがなくなってしまった状態のようだった。

「では、これから長いお付き合いになると思います。主治医は私、岡田です。よろしくお願いします」

それまでイスに座って足をぶらぶらさせていた外科医が白衣の前をそろえて立ち上がって一礼をしてくれた。

「長いお付き合い」

外科医の何気ない一言……。

アインシュタイン先生と長い付き合いなんてしたくもないけど、お付き合いしているうちは、ダーリンは存命できるんだと自分に言い聞かせた。

ナースちゃんが回復室で目が覚めたダーリンを連れてきてくれた。

麻酔でぼけ〜っとした表情のダーリンを連れて帰途についた。

夕飯を食べながらも感じるのは、いつもと違う空気が漂う食卓。

「ハニーあのさ、僕ね、ガンかもしれないんだって」

主治医にガンですと告知されてるはずのダーリンだけど、自分自身がガンであると認められないんだよね。いや、認めるのが怖いんだよね。

分かる分かる、その気持ち痛いほど分かるよ。私も15年前に乳ガンを告知された経験あるもの。頭が真っ白になるよね？　医者は毎日、何人もの患者に「あなたはガンですよ」と宣告してるんだろうけどね。

「ハニーもガンやったことあるでしょう？　1人でよく頑張ったよね。エライよ。僕はハニーがいるから心強いし安心しているよ」

それだけ言うとパクパクとご飯を食べ始めた。今日はこの話題にこれ以上触れるのはやめておこう。

ただ一つ安心したのは、私の存在がダーリンの中の安心材料の一つだということ。ガン経験者が家族にいれば、治療にしても不安が少し和らぐからね。

なるべく笑うようにしよう、免疫力アップしてこれ以上一つでも多くのガン細胞が増えませんように。

私がガン治療をしていたのは20年近く前のことでインターネットなどない時代。ガン＝不治の病で患者本人にうその病名を告知することも多かった時代。それが、今は軽く「はい、ガンですよぉ」って、笑顔で医者に言われちゃう時代になってるんだよね？　ビックリしたな。

ダーリンがガンになったことと同じくらい、告知のされ方に驚いた1日だった。

その夜インターネットでいろいろと検索してみたら時代とともに薬も開発されているし抗ガン剤も選び放題。治療法もたくさん確立していることにさらに驚いた。

余命1年と言われたけど、あくまでも平均値だし5年生存率だって平均値。5年以上生存する人だってたくさんいるし、薬が効いてステージダウンする人だっている。

数字だけにとらわれてはダメだよね。

日本人は真面目だから、なんでも統計を作って信じ込んじゃう。占いやおみくじと一緒で明るい情報、自分が信じたい統計だけ信じることにしよっと。

どこまでもポジティブ思考でダーリンの不安をなるべく減らさなくちゃね。

明日から新しい闘いがはじまるよ！　短いけど長い闘いになるだろうな。

後悔しないように、最後まで諦めさせないように残された時間を笑顔で過ごそう。

治療費はいくらかかっても構いません。どうかダーリンと1日でも長く過ごせますように。あっ、でもやっぱり老後があるので、治療費は高額医療保険でどうにか賄えるくらいでお願いします。う〜ん、愛情が足りないって言われちゃうかな。

はい、スカイツリーから飛び降りる覚悟でもう一度言います。

治療費はいくらかかっても構いません。もし、奇跡が起きてダーリンが元気になったら働いて治療費返してもらいますから!!

6

願治療

GAN CHIRYOU

ガン告知から1週間が過ぎ、鎖骨の部分にCVポートと呼ばれる医療器具を埋め込んだダーリン。強い抗ガン剤に対する血管の負荷を少しでも減らす目的で使う機械らしい。イメージはSF映画のロボットがパワーチャージするときに使用する体につけた充電装置みたいものであり、肉付きのいいダーリンだとまったく目立たない小さなものだった。

日帰り手術を終え、車の助手席で手術中の話を楽しそうにするダーリン。

「局所麻酔でね、女医さんと研修医みたいなのが3人だったよ。ここのラインをこう切って、えっと、私ならこの感じでいくね。とかキャッキャいいながらポートを埋め込んでたよ」

うわっ、ダーリン余裕じゃん。いくら治療前の簡易手術って言われても切ったり貼ったり縫ったりしているわけで。

「ぐいぐいって、ポートを埋め込んだときだけ不快感だったけど、終わったら大きいばんそうこうをペタって貼られて終わり！」

このCVポートとやらがダーリンの血管を守ってくれる装置なんだね。ばんそうこうでよく姿が分からないけど、よろしくお願いしますね、ポート君。

抗生物質をもらってはいたが、幸い発熱もなく化学療法を開始する日を迎えることになる。

「化学療法」とは抗ガン剤を用いてガンを攻撃する治療のことである。

ドラマで抗ガン剤のシーンだと、脱毛して帽子をかぶった色白で細くてきゃしゃな友人、チャコちゃんのような女性がベッドの上で窓の外を眺めながら点滴につながれている場面が多い。

さらに、季節はいつも秋から冬にかけての寒空の設定の多いこと。

枯れ葉が舞い落ち、点滴の水滴がポトポトと音を立てて落ちていく。

実際には春先や猛暑の中も大変な治療している人がたくさんいるんだけどね。

私の仲良しの友達なおちゃんは、点滴のチューブをグニャリと指で折り曲げてナースコール代わりにしていたそうだ。コンピューターで管理されてる抗ガン剤だから異変があると部屋中にアラームが鳴り響く仕組みになっている。

病院も忙しいからナースコールですぐに来てもらえないときもあるものね。

なおちゃん、よく考えた‼　エライ！って褒めちゃっていいのかなぁ？

名前を呼ばれて化学療法室という場所に案内してもらった。

病院の中で1番景色の良い場所に設置されていて、リクライニングチェアもテレビ付きだしベッドを希望の人はベッドもある。

昔と違って、外来治療で抗ガン剤しながら働く人も大勢いるんだって。

それだけ、ガンという病気が身近になった証拠だね。

テレビでもやってるものね、2人に1人はガンになる時代ですってね。

まあ、うちは家族全員がガンにかかったけどね。

程なくして、化学療法室担当のナースちゃんが声をかけてくれた。

「はい、今日初めてですよね？　ドキドキしてるかな？」

アニメのキャラクターみたいな声を出す小柄なナースちゃんが担当してくれるらしい。

「今日は初日だから、ゆっくり落としますね。終わるまで4時間以上かかります。奥さまは会社に戻られて大丈夫ですよ。終わったら連絡しますから」

えっと、思ったより時間かかるね。

「ハニー終わったら連絡するから会社いってきていいよ。しっかり僕の治療費稼いできてね♫」

と笑顔で手を振ってくれている。

初抗ガン剤が無事終了したのは18時を回っていた。

車に乗り込んできたダーリンはというと、見送ってくれたときの元気はどこへやらぐったりと不機嫌で一言も口を開こうともしない。すぐに副作用である気分の悪さ、手足のしびれなど不快感満載になってしまった様子。

その日は薬を飲んでさっさと寝てしまった。

抗ガン剤の種類にもよるが、ダーリンのタイプは3週間に1回病院で外来治療をするタイプのようだった。

抗ガン剤投与した日は、機嫌も気分も低気圧。徐々に薬が抜けてきて次の投与まではいつも通りの明るいダーリンに戻る。このサイクルを8クールノンストップでできたのには主治医も驚いていた。

最初の治療からはや10カ月が過ぎようとしていた。

ドラマにありがちなガリガリに痩せて頬もこけてしまうということもなく、健康的にちょっとだけスリムになった外見でガンになった方がイケメンに見えたりもした。

治療とのうまい付き合い方として、つらいときは無理せずゴロゴロする。

食べられないなら、食べられそうなものを少量口にする。

気分がいいときはドライブに行って、外食したりして過ごす。

願治療で1番効果があるのは、ワガママをさせてあげて免疫をアップする方法だと勝手に思ってる私。ガンって漢字で書くと怖いイメージだよね?「願」治療ってすると御利益ありそうだよね。読み方はどちらも一緒で「ガン」だしね。

一般的に抗ガン剤の副作用というと、悪心、脱毛と想像しがちだが実際には脱毛しづらい薬もある。それどころか、えええ?って感じの副作用もあることに驚いた。金属などの冷たい無機質なものに触れただけで電気が通ったようにビリビリする副作用。日常生活で当たり前のことに不便を感じるようになる。

ピンとこないかもしれないけど、考えてみて？　トイレいくと水を流すのにレバー操作するよね？　アレも金属。ドアノブも金属。

患者の副作用を理解しているはずの化学療法室のトイレのドアノブも金属で手すりも金属だったのには改良してよ！ってマジに思った。ダーリンは患者の声として投書したみたいだけどね。さらにいうと冷たい飲み物もダメ。

2人でレストラン入るときも、お水に氷を抜いてもらったりナイフやフォークの金属にハンカチを巻いて使ったりといろいろ工夫したよね。

〝副作用〟を薬が効いてる〝福作用〟って置き換えて頑張ってきたよね。

英語にするとSIDE EFFECTが副作用。サイドって端っこって意味だよね？　直訳すると効果の端っこになるけど。

だったらHAPPY EFFECTで福作用って表現したほうが何かいい感じじゃない？

幸せな効果、これなら頑張れそうな気がするね。

ダーリンとの最後の1カ月は走馬灯のように流れていったね。

最後まで自宅で一緒に思い出を作るって決めていたからね。

受診日に毎度おなじみバカップルで一緒に病院行ったよね。

アインシュタイン先生の診察待ちが1時間、まだ早いほうだったかな。

ここ最近ダーリンは腰が痛いといつも言うようになっていたんだけど、ガン子ちゃんが骨にお引っ越ししたんだと私は思ってた。

主治医が入院大嫌いなダーリンを上手に説得してくれたのには感謝している。

「腰痛だと、日常生活も不便でしょう？　ペインコントロールに1週間くらい入院治療してご自宅に帰ったらどうかな？」

拒否するかと思ってたら、素直に首を縦に振ったままウトウトとし始めた。

せん妄という症状が少しずつ出始めてきていたんだよね。

〝せん妄〟というとお年寄りの認知症や暴力的になるイメージが強いと思うけどそれはごく一部。実際にはかわいいボケだったりするから無意味に怖がらなくて大丈夫。

入院手続きを待っていたら顔なじみになったナースちゃんが部屋の希望を聞きに来てくれた。

「えっと、お部屋のタイプは大部屋にしますか？　差額は発生するけど小部屋にしますか？」

「ほえ？　それって個室のこと？　差額が発生して小さい部屋って嫌だよね」

思わず大声でダーリンと大笑いしてしまった。

周りを気にしなくてすむから〝小部屋〟と言われた個室に決めた。

後日、新たに撮影したＣＴ画像を見せてもらうと今までで最大級に育ったガンがドドーンと存在をアピールしていた。

「肝臓ほぼ全部、腹膜、肺３カ所、腰骨は２カ所、あっ、あと脳にもあるかな。この筋っぽいのも骨転移っぽいですね」

と主治医が発言する前に勝手に画像判断して発言する私。

主治医を見ると、ぽかーんとこっちを見ている。

あ、そう。ほぼ正解ってところね。

「私が説明申し上げるまでもなくご理解されてる様子ですね。早いうちに緩和ケアに申し込みされた方がいいと思います」

この病院は地域でも数少ないガン診療連携拠点病院であり緩和ケアも併設されている地域密着型病院だった。

通常なら緩和ケアに入るには面談して後日返事、しかも空き待ちの患者さんが多くなかなか順番が回ってこないという状態だった。

1年近い付き合いで鬼嫁の性格が分かってきたのか？　主治医がその場で緩和ケアに電話を入れてくれた。

「このまま、緩和ケア病棟いっていいよ。僕から話し通しておいたから」

おお、超早いじゃん。早くダーリン移して緩和をケアしてもらおう。

精神科医と担当ナースちゃんと面談が行われた。

柔らかい日差しが溶け込む明るい病棟、外には海が広がり外国を往復する大きな船の往来も間近に見えた。

「奥さまからご覧になってご主人の余命はどのくらいだとお考えですか？」

聡明そうな雰囲気の女医から単刀直入に質問を受ける。

ほぼ日中は寝てることが多くなったダーリンの様子を見る限り1カ月弱かなと思ってることを告げた。

「そうですか、私が見る限りご主人は1週間から10日だと考えます。安らかに過ごせるようにスタッフ総員でお世話させていただきます」

それから、何枚もの書類に記入して手続きが終了した。

ダーリンの個室はヒマワリのマークの部屋だった。緩和ケアはすべて個室で24時間いつでも家族と自由に過ごせるようになっていた。

ぽかぽかの日差しの中で昼寝をしているダーリンの穏やかな顔を見て、この場所に決めて後悔はないとハッキリと悟った瞬間だった。

緩和ケアに引っ越ししてちょうど1週間たった木曜日、私は昼食を事務所で取っていた。

RRR RRR
スマホの着信音が鳴り響き画面を見ると「緩和ケア病棟」の表示が出た。

「もしもし?」

口にランチをほおばりながら出る私。

「も、もしもし、奥さまでらっしゃいますか? わ、私は緩和ケアの……」

今日担当のナースちゃんらしかった。彼女の震える声でダーリンに何か起きたということが容易に想像できた。電話片手にかばんを持って病院に向かう準備を即座に始めた。

「先ほどから、脈がゆっくりになって体温も下がってきております。病院へお越しいただけないでしょうか？」

この緩和ケアのいいところは、少しでも容体が急変したらためらわず連絡をくれるとこだった。

「脈はどのくらいですか？　呼吸は？　酸素濃度は？」

お前は医療従事者か？ってツッコミを入れたくなるほど落ち着いている自分がいた。

車で15分程度の場所だったので連絡を受けてから20分後には現場に到着していた。

うん、救急車なみに早いぞ！

1Fの受付で面会用紙に記入して、スタッフが緩和ケア病棟に連絡をしてからでないと、入室を認められないシステムになっているのだが、こんなところで長々足止めを食らってるわけにはいかない。

「すみません、さっき緩和ケアから電話もらって夫がいよいよ死にそうなので来てくれっていわれたんです!!!」

って大きい声で伝えたら、バッジを手渡されて、

「早く行きなさい!!!」

って顔パスしちゃった。受付のおばちゃん、ありがとう！

ヒマワリの部屋に入って真っ先にダーリンの頬に触れる。

温かいね、まだぬくもりを感じることができるね。

酸素濃度よし、酸素マスクよし！と　一通り点呼してからベッドに座りダーリンの手を取ってみた。つぶっていた目を見開いてビックリしたようにこっちを見た後、にっこり笑ってくれた。

「あ、ごめんごめん。起こしちゃったかな？　ここにいるからね。安心してゆっくり休んでいいよ」

せん妄がひどくなっても、穏やかな性格はそのままだったダーリン。

朝の回診でも「ハニーがね、えっと、なんだっけ？　ハニーがね」と一生懸命に私のことだけを話そうとしてくれていたらしい。

私が到着してから43分後にダーリンは静かに虹の国へと旅立った。

いい顔していたよ。すべてから解放されたような笑顔だったね。

7 理想郷

無事葬儀も終えて一段落。次は四十九日まで少しのんびりできるね。いつもの週末、ダーリンが私の顔をじぃっと見ている。

「顔に何かついてるかな？」

何も言わずニヤニヤして次の瞬間私のおなかをブニブニと指でつまんだ。

「ちょっと、何するのよ。お肉つままないでよ」

「ふふふ、ハニーちょっとお肉ついたね。このくらいの方が安心だよ」

確かに、ここ数日ホッとしたのかよく食べるようになった。

ダーリンも病気になる前と同じ量を食べてくれるから、作りがいがあってついつい大量に出してしまう。テレビ見ながら笑い話して食事する。話題の大半は葬儀のことだったけどね。

「住職の生前の僕の話でたくさん良いこと話してくれたんだけど、残された家族を見守ってくださいってねぇ。見守るどころか一緒に暮らしてるよね」

食後のコーヒーと大好物のプリンをほおばりながら豪快に笑っている。

「ねえねえ、四十九日までののんびりだから、どっか旅行しない？　療養中はどこも出れなかったじゃない」

私の提案にとってもうれしそうなダーリン。

「いいね、じゃあ今まで行って楽しかった場所にもう一度行くっていうのはどうかな？」

自分の部屋から過去のアルバムやらパンフレットを大量に出してきた。楽しいこと大好きなわれわれは結婚して何年しても毎年旅行に出掛けていた。外国籍のダーリンの方が日本各地のすばらしい場所を熟知していた。私はといえば、県庁所在地どころか、何県がどこにあるのか？　クイズでほぼ不正解という不名誉な称号をダーリンからもらってしまっているくらい日本を知らないニホンジンだった。

「ハニーはどこ行きたいかな？」

「えっと、最初に旅行した日光がいいな。湯葉食べて東武ワールドスクエア見て、お猿さんがいる神社行きたい」

「うんうん、僕も同じこと考えていたよ。初めて2人で旅行した場所だね」

2人して行動力は恐ろしいほどに素早かった。来週末に行くことに即決。遠出をするときは必ず車内で退屈しないようにたくさんの曲をダウンロードしてくれたり、お菓子、飲み物を用意してくれる、妻の鏡のようなダーリン。今回はダーリンが買い物に行くわけにいかないのでネットで注文。便利な世の中で良かったね。注文画面をのぞこうとする私に「ダメ、見ないでね。当日のお楽しみ」と言って笑っている。支払いは私なんだけどなぁ？　まぁいっか。ダーリン楽しそうだし笑顔見てるだけで私も楽しいから。

翌日、段ボールでお菓子、ジュースが届いて軽く引きつり笑いをしたのは私でした。ポチる単位を間違えたらしい。

「ほら、日光のお友達の美砂ちゃんにも分けてあげればいいじゃない」

そうね、きっと美砂ちゃんも喜ぶよね、ていうか死んだダーリンと旅行に来てダーリンからのお土産ですって説明するのか？　悩んでる私を察してか、ポンポンと頭に手を置いて笑ってる。

「ハニー、考えすぎだよ。美砂ちゃんもハニーの顔見たら喜ぶよ？　全部説明する必要はないよ」

確かにそうだよね。ダーリンがそばにいるっていう事実は私たち2人が実感できてればいいんだものね。

今のダーリンと写真撮ったら写るのかな？　どうなんだろう？

「ねえ、ダーリン写真撮ろうよ。ちゃんと写るのかな？」

スマホでパシャリ。恐る恐る画面を見るとちゃんと写っている。不思議なことがまた起きた。だって、ダーリンの姿は私にしか見えていないのに写真にはハッキリと姿が写っている。あれ？　ダーリンの後ろにちゃんと影がある。私と同じように影がある。死んでいるけど生きてるんだ。

「ハニー、難しいこと考えないでよ。キミはちょっと神経質だものね。掃除とか片付けはズボラだけどさ」

ちょっと、それってあまり褒められてる感じがしないんだけどなぁ。おどけて動くとダーリンの影も動く。当たり前のことなんだけど当たり前じゃないこと。

美砂ちゃんに話したらなんて言うかな？　病気のコミュニティーで知り合った、たくさんの仲間たちもビックリだよね。北海道のリンゴちゃん、大阪のぴよーん姫、三輪車大好きアッコちゃん、キャラ弁得意なみえちゃん、おっとり天然もものはちゃん、ウニ・蟹・海老が大好物イッコ姐さん、かれんなすずらんちゃん、お母さん的なドンママさん、まだまだたくさんいる大切な心のお友達。自分自身や家族が病気と闘っている人たち。ガンと長い付き合いって口で言うのは簡単。実際は恐怖、絶望感や孤独感にむしばまれる精神状態。それなのに他人を思いやる気持ちを持ち合わせているすばらしい人たち。

「ハニー。ハニーってば、どうしたの？　ボーっとして。疲れちゃった？」

「ごめんごめん、私たちをずっと応援してくれている仲間たちを思い出しちゃってね。あ、葬儀にたくさんお花もらったでしょう？　どうするのよ！　ダーリンが生き返りましたなんて今さら言えないわ」

嬉し泣きで顔がグチャグチャになってきた。

「大丈夫だよ、ハニー。前に約束しただろ？　ハニーをみとってから僕は天国に行くって」

付き合いだした当初から約束してくれていた言葉。私にみとられたダーリンが目の前で笑っている。影もあるし、食事もする。写真にも写る。もうそれだけで十分、たとえ周りにダーリンの存在が見えなくても私だけが分かっていれば幸せ。それから週末になると私たちはいろいろな場所に遊びに行った。新幹線で愛知県に行ったときは大変だったな。当然指定席は1人分。ダーリンは私を膝に乗せて数時間座っていたから。ちゃんと私の体重も感じるみたいで、豊橋に着いたときには足が筋肉痛でジンジンしていたらしい。

「足の感覚が長時間正座したときみたいだよ」

私はそんなに重くないぞ？　ちょっとムッとしながらリュックを背負って新幹線を降りた。

のどかな田舎の風景をバスに乗って巡りながら自然の中で記念写真を撮っていく。周りからすると大きなリュックを背負った女性が1人で何してるんだろう？って疑問に思ってるかもしれないね。見晴らしのいい公園でベンチに座る。周りに人がいないのを確認してダーリンに飲み物を渡す。よっぽど喉が渇いていたのか大好物のカルピスをほぼ一気飲みしてしまった。

「ふぅ〜今日も暑いね。ハニー疲れたでしょう？　荷物重いものね。僕が持ってあげようか？」

そういってリュックに触ると無重力状態のように宙に浮いた。いやいや、これはまずいでしょ。あり得ないから、やっぱり荷物は私が持つことにするよ。

慌ててリュックから手を離し大笑いするダーリン。

死んだ人って太陽の光大丈夫なのかな？　溶けないのかな？　初夏の汗ばむ気温の中、私たちは再び散策を始めた。2人でいると、道ばたの雑草すらキレイな花壇に見えるから不思議だよね。

帰宅して時計を見ると、あっという間に夜の10時を過ぎていた。ニュース番組を見ながら今日行った場所の写真を整理する。

「わあ、今日もたくさん写真撮ったね。100枚近いよ。昔はフィルムで数十枚しか撮れなかったんだよね？」

「そうだね、昔は現像するまで写真が確認できなかったものね。今は撮ったらその場で見れるし、加工もできちゃう。便利な世の中になったよね」

「あ、何このポーズ！　んもう、周りからダーリンが見えないからって」

私の背後から頭に向けてピースサインを出してるダーリン。正面から見るとちょうど私の頭に鬼の角が出ているように見える。

「周りから見えないって、楽しいね」

あなたは子どもですか？って言いたくなるような写真が他にも何枚もあった。この日は写真だけで大盛り上がりしてしまい眠りにつくころには辺りが明るくなり始めていた。

前と変わりなく大きないびきが聞こえてくる安堵感。治療中は痛みで数時間おきに目が覚め私を起こさないように薬を飲んでいた優しいダーリン。手先も抗ガン剤の副作用で動かしづらいのに最後まで自分のことは自分でやっていたよね。私も寝たふりをして静かに見守ってることが多かったな。

（にしても、いびきがうるさい。う～ん、元気な証拠だろうけどこれじゃ私が眠れない）

頭から毛布をかぶって無理やり夢の中に入り込んだ。

（この騒がしさが幸せなんだよね、きっと）

8　キャンサーギフト

〝ガン〟は不治の病で告知されたら〝死〟を覚悟した時代は、はるか昔。今は日々医学も目覚ましい進歩を遂げてるし、新薬も開発されている。保険適用になる高額の薬も増えた。早期発見が寛解への1番の近道というけれど、実際には体内中にガン細胞がお引っ越しして住みついた状態で発見される人も数多い。

よくある医療ドラマのシーンがそれだ。

「まことに残念ですが、ご主人はステージ4の末期の膵臓ガンです。手の施しようがありません」とイケメンの人気俳優が神妙な面持ちで言う。お前医者なら、方法考えろよ！　と患者家族は切に思う。現在はステージ4でも長く延命できる人も増えた。末期ガンという表現をしなくなったのもそのせいかもね。ただ初めてステージ宣告される患者や家族は一気にどん底に突き落とされるのも事実。1

個でも遠隔転移があればステージ4。今は抗ガン剤もすばらしいのが出てきておりステージダウンする人も多くいるのも事実。だからあまりステージは気にしない方がいいと思う。って言っても難しいよね。感情のある人間だもの。

ダーリンに毎回付き添って病院行っていたけど、医者の言葉って薬にも凶器にもなるなって感じた。画像を見ながらため息ばっかり出る先生。発言するのに、やたら間を取りたがる先生。大声で大丈夫、大丈夫まだまだいける、と根拠なく励ます先生など。患者本人の性格にもよるだろうけど、ダーリンの主治医は大きな声の大雑把な先生だった。コンピューターカルテが苦手な昔かたぎらしく、いつもキーボードをたたいては奇声をあげていた。データが飛んじゃって焦る先生の顔面白かったな。

「はい、これ処方箋ね。ではまた来週」

手渡された処方箋に一応目を通すと、あれ？　足りない。絶対必要な薬が入ってない。

「先生、1番重要な薬が記入されてないよ？」

焦って処方箋をのぞき込む主治医。

「あっ、そうだね。ダメだな俺！」

キーボードを強い力でたたいた次の瞬間、画面が消えた。

「先生、やっちゃったみたいね」

ぼうぜんとしている主治医にとどめを刺す一言。

大きい病院は何時間も待って診察数分って表現をするけど、うちの場合は診察数分、処方箋打ち込み数十分だね。パソコンに向かってるとき症状とか話しても主治医の耳には届いていない様子だし。メスさばきはプロなんだろうけどパソコン入力は中学生レベルの主治医。きっと論文書くのも一苦労なんだろうな。

〝ガン〟になってまず多くの人がやることその一ネットで検索すると、うさんくさい情報などたくさんヒットする。その中で大切なのはまず自分が冷静に判断できるかどうか？だよね。治りたい、家族を治したい一心で〝高価な水〟を買ってみたり詐欺まがいのものに引っかかったり。誰も悪くないんだよね。なんとしてもガンを治したいとう気持ちがそうさせてるのだから。なかなか難しいことだけど、精神状態を強く保つことが一番大切。治療するのはお医者さんに任せて、精神面や経済面をフォローしてあげるのが家族だと思う。側にいて話を聞いてあげることが1番だよね。その人の性格にもよるだろうけど、「ガンになって迷惑かけてごめんなさい」って小さくなる人。「なんでこんな目に遭わなくちゃいけないんだ」と自暴自棄になる人。病院の待合室は人間観察がリアルにできる場所。ダーリンは周りに気を遣うタイプだったな。心に余裕のあるときは周りを気遣えるよね。人間余裕がなくなると機嫌も悪くなるし、ちょっとしたことで落ち込む。こうして元気な姿を見てるとつい先日までの闘病生活を思い出しちゃうよね。

あれ？　元気な姿って表現で良いのかな？

「ハニー起きてよ。もう昼過ぎだよ？」

「ううん？　うわっ、午後じゃない。すごい寝ちゃったね」

ダーリンに起こされてビックリして飛び起きると時計は夕方近かった。写真を見て盛り上がり眠りについたのが明け方。10時間くらい爆睡してたみたいだった。ダーリンはというと、テレビ見て冷蔵庫にあるヨーグルトやフルーツを勝手に食べていた様子。

「ハニーのコーヒーいれてあげるから顔洗っておいでよ」

半分寝ぼけてる体をヨチヨチ動かしながら洗面所の鏡をのぞき込む。すっごい楽しそうな表情してるぞ私。看病疲れでできた目元のくまも消えてこけた頬もふっくらしていた。ダイニングに戻るとひき立てのコーヒーの香りが漂っていた。豆からひいてくれたみたい。

「良い香り、おいしいね。ダーリンの入れてくれるコーヒーは世界一おいしいよね」

「そう？　僕は紅茶が好きだからコーヒーはテキトーだよ」

そういってテーブルの上のチョコレートを口にほおばっている。神戸のガン友たまちゃんが贈ってくれたお菓子だった。お香典と一緒にお供えしてくださいと書かれた手紙。

「こら、ダーリン。これは、たまちゃんがお供えしてねって贈ってくれたものだよ？」

「ん？　僕が食べてるんだから同じことだよ。ハニーも1個どうぞ、ほらあ〜ん」

いちごをチョコレートでコーティングした上品な味のお菓子。前に神戸行ったときにお土産に買って来たことがあり、ダーリンのお気に入りだったんだよね。たまちゃん、ごちそうさまでした。お供えというより、本人がおいしく食べてます。なんて報告できないわ。ここ数週間のあり得ない出来事は周りに話したくても話せない。仮に話したら皆どんな反応するかな？　考えただけでワクワクするな。えっと、逆に心配されちゃうかな？　あまりの寂しさに幻影見ちゃってるって思われちゃうかな？

「ハニー。何をニヤニヤしてるのかな？」

何もかもが新鮮で楽しくて仕方ない。そのときはなんとも思わなかったことがまぶしく思えて、いとおしく感じる。

「えへへ、何でもないよ」

心の中をのぞかれたような恥ずかしさもあり私は慌ててコーヒーを飲み干した。

「げほげほっ……げほっ。あちっ！」

もう、ドジッ子を思い切り発揮。うわ、コーヒーめちゃ熱かった。口の中やけどした感じ。ヒリヒリしてきた。ダーリンが慌てて冷凍庫から保冷剤を出してきてくれた。

「あの、これどうやって使えばいいのかな？　口に入れろって？」

ちょっとムッとした私にお構いなしに喉元を冷やしてくれる。

「ほら、棺の僕もこうやって保冷剤で冷やしてたじゃない？　きっとやけども治まるよ」

「死んだ方のダーリンを冷やしていたのはドライアイスだよ。う～ん、気持ちいい。ちょっと遺体の気分が分かるかも」

私、とんでもない発言しているよね？　でも葬儀社さんもダーリンを大事に扱ってくれてたから感謝しかないよね。しばらく冷やしたら痛みも治まってきた。痛みを感じるのは生きている証拠。って、あれ？　もしかしてダーリンは痛み感じないのかな？

ムギュー！

「痛いよ！　ハニー何するんだよ？　ひどいな。」

「あれ？　痛い？　感じるの？　すごいね。」

腕をつねり上げたから、よっぽど痛かったんだろうな。ごめんちゃい。だって、痛み感じないと思ってたから。

「だ〜か〜ら〜僕は前と同じだって言ったでしょう？　変わったのはキミにしか僕の存在が見えないってことだけ」

「だって、初めてのことだらけで分からないんだもの。疑問に思ってもいいじゃない？」

周りから見たら、1人で壁に向かってブツブツ話している危ない人に思われるんだろうね。

「ちょっとずつ慣れていけばいいんじゃないかな？　僕だって初めての経験だしさ。」

そりゃそうでしょう？　虹の橋を渡ってお花畑を見たら帰ってきたんだから。しかも、本体は三途の川を渡りきって、分家？だけ戻ってきたという事実。昔感動した映画のストーリー以上の展開になっている事実。私にとっては天変地異なみの出来事。ガン封じの神社でお参りしたから奇跡が起きたのかな？　実はこれが夢で私が寝てる間の出来事なのかな？

「ハニー、宅急便きてるよ。インターホン出てくださいな」

急に現実に引き戻される。そうだよね、ダーリンが荷物受け取れないものね。

はいはい、今行きますよ。大きな箱に入ったブリザードフラワーが届いた。

「ダーリン、北海道のお友達からお花が届いたよ」

伝票にはハッキリと仏花と記載されている。それをお供えされる予定だった本人がうれしそうに開いて中身を確認している。

中から出てきたのは、見たこともないようなブラックローズ。インクを吸わせて作ったものらしく花びらの奥に深紅の色が残っていた。

さらにシルバーのラメやクリスタルパウダーをちりばめたゴージャスな花束だった。

「すごい、こんなの初めて見たよ。ダーリンがリクエストしたブラックローズだね。キラキラしてるね」

生前からダーリンは、もし僕が死んだら棺にブラックローズを入れてほしいとリクエストしていたものね。良かったね。で、このお花どうするの？

私の心配をよそに、ご機嫌で歌いながらお気に入りの花瓶を出してきてお花を生けてる。

お花好きだったものね。あれ？　過去形の表現はオカシイのかな、だって目の前に存在してるんだし。

「ほら、どう？　僕の遺影の横に飾ろうかな」

生前に遺影を撮影する人が増えていることは知っていたけど、自分の遺影に自ら花を飾る人ってこの世に何人いるんだろうか？

「こら、またハニー1人でニヤニヤしてる。どーせ自分の遺影に花飾って変なことしているって思ってるんでしょう？」

はい、図星です。

さすが、ダーリン。私の考えてることよく分かるね。ついでに言うと白木の位牌に手を合わせてる本人っていうのも画像に収めておきたい気分だわ。

9
四十九日の法要

あっという間にダーリンが他界してから7週間近くがたとうとしていた。なぜか、この世に踏みとどまっている本人は第2の人生を謳歌しているように見えた。よく食べよく笑い、豪快ないびきをかいて爆睡する。毎週末は2人で仲良くいろいろな場所に出掛けた。数え切れないくらいの写真も撮った。どの写真にも生前と変わらずダーリンが写っている。

「ダーリン、そろそろお寺に行くよ？　支度できた？」

部屋からなかなか出てこない。おしゃれさんだからあれこれ迷ってるのかな？って普通は喪服だろ！

「ああ、ごめんごめん。支度できたよ。ネクタイって苦手だな。首が窮屈だしね。どうせ周りから僕は見えないんだから短パンにシャツでも良いと思うんだけどな？」

まったく、これだからゴーストは。

「えっと、持ち物は位牌とお骨ね。よいしょっと。ダーリン体が大きいから骨つぼが重たいね」

私は落とさないように両手で骨つぼを抱えた。

玄関のドアを開けてもらいカギをかけてもらう。駐車場で骨つぼを後部座席に座らせシートベルトで固定した。

「じゃあ、お寺に出発するよ」

梅雨の時期なのにいつも晴天。ダーリンは晴れ男なんだね。

窓全開で心地良い風に髪を揺らしながらお寺に向かった。境内の駐車スペースには先に到着していた親戚の姿があった。とっさにあいさつに行こうとするダーリンの袖口を引っ張って制止した。

（ダーリン、いきなりお母ちゃんにあいさつしたらビックリして心臓止まっちゃうよ）

（あ、そうだったね。ついお母さんみたらうれしくなっちゃってさ）

小声でゴニョゴニョと話してるのを住職に聞かれた様子だった。

「ご苦労さまです。お骨とお位牌はこちらで預かりましょう」

私と年齢も近い住職は、葬儀でもダーリンの国の家族が参加できるようにリモート法事をしてくれたり、仏花も南国育ちのダーリンにぴったりな派手な色合いの花にしてくれたりとワガママな檀家の願いをかなえてくれた。

程なくして四十九日の法要が始まった。

お経の間は、どうしても眠くなる。横に座っているダーリンを見ると真剣にお経を聞いている。

「では、順番にお焼香をお願いします」

独特の声色で住職が語りかける。ダーリンと一緒にダーリンのためにお焼香をする。一般的には、どうか成仏してくださいとか、お空からわれわれを見守っていてくださいと言うんだろうな。ダーリンは何を言ってるんだろう？　長々とブツブツ言っている。お経もクライマックスが近づいてるせいかボリュームが上がってきてダーリンの声が聞き取れなかった。お焼香終わって横を見るとダーリンと目が合った。おちゃめにウインクしてくれた。何という不謹慎なって年配者がみたら怒られちゃうね。

（ハニー、このお寺さんは椅子だから足が楽だね。床に座布団だったら立てなくなっちゃうもの）

確かにね。最近は畳の上にテーブル椅子を置いて法事をするお寺さんが増えたものね。住職のありがたいお話も終わり、いよいよ納骨になった。

埋葬許可証を担当が確認して先祖代々の墓に入る遺骨。ご先祖さまも、きっとビックリしてるだろうな。遠い外国から来た人が、お世話になります、って入ってきたら。想像するだけで面白い。あ、ご先祖さまごめんなさい。私の最愛のダーリンです。よろしくお願いします。

ちょっと日本の常識が通じないところもありますが、悪気はないんです。大目に見てあげてくださいね。と、そのとき私は背後から強く抱きしめられた。

えっ？　何？　ダーリン？　どうしたの。

（ハニー、僕が死んでからの四十九日間はとっても楽しかったね。病気する前と同じように笑って過ごせたし、いろいろな思い出の場所も再び訪ねることができたね。キミは強いから大丈夫。僕はいつもハニーの側にいるよ。今と変わらずに

ずっと側にいるからね）

（えっ？　何？　急にどうしたの？）

ダーリンの方を振り返ると今までハッキリ見えていた姿が薄くなって透けて見え始めていた。慌てて体をつかもうと腕を伸ばすと通り抜けてしまう。

「ずっと一緒にいるって約束したじゃない！　私を見送ってから天国行くって約束したじゃない！」

私は叫んでいた。住職や母がビックリした顔で私を振り返っても、そんなことはどうでもよかった。

（僕はね、死ぬ瞬間に神様にお願いしたんだよ。せめて四十九日の法要まではハニーの側で姿が見えるようにしてくださいって。住職も話してたでしょう？　死者の魂は四十九日間はね親族の周りをうろうろしてるんだよ。大抵の家族は悲しみとは別に病院代の請求や生命保険、あげくの果てに財産分与なんかの醜い骨肉の争いの話に発展するんだよね。だから死者は姿を見せないで音を立てて存在を示してるんだよ。ハニーは僕の意識がないときでも今と変わらず接してくれていた。うれしかったよ）

（ダーリンもう一度神様にお願いしてよ。ずっと姿が見えるようにしてもらってよ）

無理だってことは理解していた。でも何もせずに別れる後悔だけはしたくなかった。

〝後悔〟闘病中、毎日のように死に際に会えないかもしれないと自分に言い聞かせ、後悔しない看病をしてきたつもりだった。実際ダーリンが息を引き取る瞬間には「よく頑張ったね、お疲れさま」と病室中に響くくらい大きな声で顔をなでてあげた。やりきった感があって涙も出なかった。痛みのない世界に旅立ったダーリンの安らかな顔を見て達成感すら感じていた。なのに、なぜ今になってこんなに悔しさがこみ上げてくるんだろうか？

（ハニー、笑ってよ。キミの心には僕がいる。立派なお位牌も遺影もあるじゃない。だからお願い泣かないで。先に虹の国で待ってるから。ハニーはゆっくりとおいでね）

住職ができたての位牌に魂を入れるお経を唱え始めた。

（ダーリン、ありがとう。私は幸せだね、四十九日間もダーリンを独占できたし

ね。自宅にも帰れたし、いろいろお出掛けもできたし。一緒に葬儀もできたし
ね）

私の表情を見て安堵の笑みを浮かべるダーリン。

（忘れないで、僕はいつもキミとともにある。姿は見えなくてもキミの左肩に
乗っているよ。一生キミを守るから。約束だよ）

一瞬辺りがまぶしく光を放った。一筋の光がときを止めたように見えた。やが
てその光が私を包み込んで消えていった。体を一瞬刃物で切り裂かれたような鋭
い痛みを感じたが、きっとダーリンを今回こそ本当に見送った現実に直面した瞬
間の痛みだったのだろう。

位牌に入魂するというのは本当だったんだね。この小さい位牌の中にダーリン
の魂が生き続けてるのだろうな。今日は納骨で疲れたね。

10 一緒にお家に帰ろうね

ダーリンの位牌をテーブルに乗せ、好きだった紅茶とお菓子を添える。お線香は用意してないからごめんね。仏壇も用意してないよね。

なんか、仏様になった感じがしないからしばらくこのままでいいかな?

今度こそ1人きりになった自分自身を納得させるように位牌に語りかけた。

(返事もくれないのかな、ダーリン)

何気なくスマホの画面に目をやる。たくさん撮った写真のアルバムを開くと四十九日間をダーリンと一緒に過ごした証拠がちゃんと保存されていた。最後の1枚を開いた瞬間、私は思わず笑ってしまった。

「僕は確かに存在した」と手書きの紙を持って自室で自撮りした写真。ダーリンの部屋でその紙を見つけた。さらにもう1枚の手紙も発見した。

『ハニーがこの手紙を読むころには僕はお墓の中にいると思います。あの歌は歌わないでね。私のお墓の前で泣かないでくださいソング♫ 僕はちゃんとお墓におとなしく入ってるからね。現世でご縁があった夫婦は過去でもご縁があったんだよね。だから、絶対未来でもご縁があって結ばれるんだよ。だから、泣かないで。泣いてないと思うけどさ。いつかまた会えるよ。この広い地球で真逆の国で生まれた者同士が出会って結婚したんだよ？ 奇跡だよね。だから、大丈夫。来世も絶対キミを見つけるからね。それまで、安心して楽しく過ごしてね。人生は一度きりじゃないよ。未来永劫続くんだよ。そしてパートナーはキミしかいないから』

普段メッセージなんて書かないダーリンの貴重な手書きの手紙。ベッドも洗濯物もキレイに畳まれていた。飛ぶ鳥跡を濁さず？ 最後まで几帳面な人だったな。あっ、過去形にしちゃダメだよね。ダーリンの言うように、これからもずっと私の左肩で見守ってくれているんだものね。確かに左側にいるって感じる。

ダーリン愛用の香水の香りがするね。守護霊になるのかな？　よく霊は香りを放って存在をアピールするって言うからね。本当にそうだね。

この7週間は何十年分の時間より濃厚だったね。これからも一緒におでかけしようね。ゆっくり休んでね、なんて言わないよ。だって、隠居生活するには若すぎるでしょう？

お部屋はダーリンが自由に使えるようにこのままにしておくね。お仏壇はダーリンの部屋に設置しようか？　自分でおなかすいたら好きなだけお線香食べてね。

あれ？　それは嫌だって？　もう、ワガママなんだから。

ピンポーン
玄関のインターホンが鳴った。

「はいは〜い」

慌ててドアを開けると、宅配便の配達員の姿があった。

「こちらにサインをお願いします」

小さな小包を受け取って伝票を見ると、発注者がダーリンになっていた。

何を頼んだんだろう？

ゴソゴソ小包を開けてみると、アクセサリーらしきものが出てきた。

エンゼル・ペンダントと書かれた納品書とともに、かわいいロケットが入っていた。よく見ると、文字が彫ってある。没年月日とダーリンの名前が刻印されている。説明書を読んで納得できた。

「これからもずっと一緒にいたい」と願う人のために開発された遺骨を身につけることのできる分骨用のペンダントだった。

(ダーリンたら、分骨用のペンダント注文してくれても納骨しちゃってるじゃない。まったく優しいんだかマヌケなのか分からないよ)

ダーリンの優しさに笑いながら、机の上にある生前愛用していたピルケースに気がついた。医療用麻薬を使っていたので誤飲しないように買ったピルケースだった。何気なく開けてみると、いつの間に入れたのだろうか？　一目見てダーリンの遺骨だと分かった。四十九日が過ぎれば姿が消えてしまうことを分かっていたのだろう。喪失感を感じさせないように、ちゃんと考えていてくれたんだね。そっとこぼさないように遺骨をペンダントに詰め直す。人によっては天国で体がバラバラになってかわいそうって感じる人もいるよね。ダーリンは体大きかったからちょこっと分けてもらっても大丈夫だよね。

最後の最後までサプライズづくしだったね。

自分の葬儀に出席して、納骨して、分骨のペンダントまで注文して。ダーリンらしいな。

本当にいつも自分より周りのことに一生懸命だったものね。私にも本当によくしてくれて。

なんかまだサプライズが届きそうな予感すらしてきた。ピンポーンって鳴って、棺に入ったダーリンが帰宅するとかね。私の経験した四十九日間は、科学的にも証明できないしあり得ない出来事だった。もしかしたら同じような経験をした人、他にもいるのかもね。信じてもらえないから黙って心の思い出にしているだけで……。

11 新盆

あっという間に初盆の季節を迎えた。ご先祖さまの霊が馬に乗って急いでこちらに帰ってくる。そして帰るときには牛に乗ってゆっくり景色を楽しみながら帰る。そういう言い伝えからキュウリとナスで馬と牛を作るんだって。ダーリンは動物好きじゃなかったから、自家用ジェットでも神様から借りてくるのかな？　それか馬じゃなくて馬車仕立てとか、帰りは牛車？　考えるだけでワクワクするよね。提灯を灯すのは、故人が迷わないようにって言われてるけど生前の暮らした場所くらい覚えてるよね？　あ、それとも生前にたくさん別宅があった人がどこに帰ろうか迷うのかな？　それはそれで、お盆バトルが始まりそうだよね。ダーリンは迷わずわが家に帰ってこれるかな？

私の胸元には彼の一部分が揺れている。どこに行くのも一緒。何をするのも一緒。周りからは何年たってもバカップルね、と言われ続けたけれど今もバカップルのままだよね。だってダーリンのこと話すのに過去形になっていないもの。すべて現在進行形。姿形は消えてしまったけれども思い出は色あせないし、私が存在する限りダーリンの存在も在り続けるんだもの。

提灯の代わりにミラーボール。クリスタルのキラキラボールも飾っちゃおう。お花はダーリンの好きだったバラとシャクヤク。えっと、あとはお茶、お菓子、かな？

他になにが必要かな？　キュウリとナスは精霊棚に飾るって書いてあるね。わが家には仏壇すらないんだけど。

玄関に飾ってみようかな。早くダーリンに会いたいからキュウリを四頭立ての馬車風にしちゃおうかな。雨が降ってもぬれないように囲いも作ってあげようかな。今の時代何でもありだしね。

うんうん、なかなかカッコイイ出来栄えだな。

年配者が見たら怒られそうなフォルムになったわ。音楽もかけちゃおうかな、盆踊りじゃなくてクラブミュージック。故人が好きだったものだし構わないよね。さてっとこれで良し。新盆の準備できたわ。後はお坊さんがお経上げに来てくれるのを待ってればいいよね。にぎやかな飾り付け見てお説教食らうかもね。でも、それも楽しいかも。なんだかワクワクしてきちゃったな。あ、私ルームウエアのままだった。着替えなくちゃ、あわわ大変大変。

ピンポーン

「はーい、ちょっと待ってください」

慌ててどうにか着替えてボタンをつけながら廊下をパタパタと走る。スリッパをセットして深呼吸。玄関の棚には変わった形の〝精霊馬〟と〝精霊牛〟が斜めに鎮座している。その横にはエジプトの生命の樹の額。

さらにブラジルの鳥の置物。ご先祖さまビックリしちゃうよね。

「わざわざお越しいただき、ありがとうございます」

なんてあいさつしていいのか分からずドアを開けると同時に頭を下げて合掌してみた。

精いっぱい失礼のないようにしたつもりだったのだが、返事がない。

（やばい……、こういうとき、なんて言えば良いのか知らないよ。新盆1人で迎

えるの初めてだもん）
嫌な汗が背中を伝う。この沈黙どうしよう。あれ？　ダーリンの香りがしてきたぞ？

「ハニーただいま。何を緊張してるの？　奇妙な飾り付けをありがとう」
えっ？　な、なに？　ダーリン……お、おかえり!!　本当に新盆に帰ってきたの？

やっぱり虹の国と現世ってつながってたんだね。
死は終わりじゃない、こうやってまた会えたんだもの。
魂は永遠に不滅だよね。ず～っと一緒だよ、これからもよろしくね。

NEVER END

あとがき

POST SCRIPT

人生100年時代が到来している現在においても天寿を全うできる人はごくわずか。

どんどん新薬が開発されさまざまな治療方法が発見されても病死の原因№1はガンです。

私もパートナーをガンで失いましたが、ガンをご縁にたくさんの仲間と出会えました。

ガン当事者だけでなく、第2の患者とも呼ばれる患者家族の存在についても知ってほしいと思い、この本を書きました。

キャンサーギフトという言葉があります。

ガンからの贈り物なんてうれしくないでしょうが、私にとってのキャンサーギフトは仲間たちとの出会いです。
現実は厳しく寛解した仲間もいれば、虹の国に旅立った仲間もいます。
過去があるから現在《いま》があり、そして未来へ向かうことができます。
われわれは皆、虹の国に渡った仲間の想いを未来につなぐ使命を担ってます。
闘病を支えてくださった医療従事者の方々、介護関係の方々に心からの感謝を。
そして、最期まで自分らしく人生を過ごし虹の橋を渡った仲間たちに敬意を表します。

令和2年10月

PROFILE

蓮 花　*RENKA*

1970年11月18日生まれ、横浜市在住。
不思議ちゃんと周りから言われる存在。
本人自覚ないが、かなりの天然らしい。
自身もガン経験者だが、恐ろしいくらいのポジティブ思考で人生を謳歌中。
趣味は摩訶不思議な創作料理と行き当たりばったりの旅行。
「蓮野貴彰」のペンネームで執筆活動中。

四《し》十《じゅう》九《く》日《にち》の抱《ほう》擁《よう》

2020年12月15日　初版第1刷発行

著　者　蓮花

発行人　坂本圭一朗

発行所　リーブル出版

〒780-8040 高知市神田2126-1

TEL 088-837-1250

装画/装幀　傍士晶子

印刷所　株式会社リーブル

ISBN 978-4-86338-287-9